KB168513

詩菴시암의 봄

황금알 시인선 41
詩菴시암의 봄

초판인쇄일 | 2011년 3월 21일
초판발행일 | 2011년 3월 30일

지은이 | 정완영
펴낸곳 | 도서출판 황금알
펴낸이 | 金永馥
선정위원 | 마종기 · 유안진 · 이수익
주 간 | 김영탁
편집실장 | 조경숙
표지디자인 | 칼라박스
주 소 | 110-510 서울시 종로구 동숭동 201-14 청기와빌라2차 104호
물류센타(직송 · 반품) | 100-272 서울시 중구 필동2가 124-6 1F
전 화 | 02)2275-9171
팩 스 | 02)2275-9172
이메일 | tibet21@hanmail.net
홈페이지 | http://goldegg21.com
출판등록 | 2003년 03월 26일(제300-2003-230호)

값 8,000원

ISBN 978-89-91601-97-0-03810

詩菴시암의 봄

정완영 시집

황금알

| 序詩 |

詩菴시암의 봄

내가 사는 艸艸詩菴초초시암은 감나무가 일곱 그루

여릿 녀릿 피는 속닢이 淸청이 속눈물이라면

햇살은 공양미 삼백석, 지천으로 쏟아진다.

옷고름 풀어놓은 강물, 열두 대문 열고 선 산

세월은 뺑덕어미라 날 속이고 달아나고

심봉사 지팡이 더듬듯 더듬더듬 봄이 또 온다.

* 이 시집에 실린 작품들은 기발표작과 미발표작이 혼재해 있다는 것을 말해 둔다. 내가 60여 년동안 쓰고 지우고 했던 고심苦心의 날의 흔적, 그 허접쓰레기들을 낙엽처럼 긁어모아 천지간天地間에 분축焚祝 드리는 심정이라고나 할까. 지난해는 단수집單首集, 올해는 2수연작首連作, 모두가 한 생生을 마무리는 작업이라고나 할까.

차 례

1부 詩菴시암의 봄

2부 上院寺상원사 종소리

3부 이 길을 어쩌면 좋은가

4부 저문해 바라보며

5부 초가집 두 채

1부

詩菴시암의 봄

無孔笛무공적

나무도 한 백 년은 심고 서야 나무란다

비바람 입을 줄 알고, 하늘 걸쳐 설 줄 알고

세월에 빈 가슴 내맡겨 피리 불 줄 저도 알고.

나는 아흔에 세 바퀴, 백 년에는 섬이 덜 차

비바람 傷心상심도 모르고, 그 虛心허심도 채 모르고

無孔笛무공적, 흰 구름 한 자락, 피리 불 줄 영 몰라라.

萬古靑만고청

아무리 산이 높아도 절이 거기 없어봐라

그것이 산이겠는가 멧새 떠난 빈 둥지지

한 소절 풍경소리가 그려주는 山·水·圖산·수·도.

하늘은 사시사철 무릎 아래 산을 가꾸고

산은 무슨 뜻으로 절을 품에 안았는가

이마에 흰 구름 한 오리 얹고 사는 萬·古·靑만·고·청.

老川里노천리 이야기

인심이 그러했으니 시절도 그랬던가

지난해는 연거푸 큰물이 온 마을을 덥치더니

올해는 상을 주시는가 푸른 하늘 아득 실렸네.

억, 천, 년, 인간사는 그렇게 消長소장해 왔고

懲罰징벌도 治癒치유까지도 하늘의 뜻이거니

老川里노천리, 노천리라선가, 사람도 강물도 늙어만 가네.

감꽃

바람 한 점 없는 날에, 보는 이도 없는 날에

푸른 산 뻐꾸기 울고, 감꽃 하나 떨어진다

감꽃만 떨어져 누워도 온 세상은 환! 하다.

울고 있는 뻐꾸기에게, 떨어져 누운 감꽃에게

이 세상 한 복판이 어디냐고 물었더니

여기가 그 자리라며, 감꽃 둘레 환! 하다.

흰 고무신 한 켤레

꽃 피고 꽃 지는 봄도 속절없이 지나가고

흰 구름 뭉게구름도 산 너머로 떠나가고

계룡산 秋甲寺추갑사 댓돌에 흰 고무신 한 켤레.

봄이면 춘갑사이고, 가을이면 또 추갑사

春甲寺춘갑사 秋甲寺추갑사 다 해야 흰 고무신 저 한 켤레

뻐꾸기 울음소리가 문을 닫고 누워 있다.

섬

五大洋오대양에 둘렸으니 六大洲육대주가 다 섬인데

이 세상 모래알 하나도 섬 아닌 것 어디 있는가

저 하늘 떠도는 별빛도 억, 천, 만, 년 섬이라네.

산 넘어 하늘 끝에 네 소식은 감감하고

고목나무 우듬지에 내 생각도 걸렸는데

이 저승 따로 없어라 눈 감으면 나도 섬.

서울 好日호일

물들대로 물든 가을날 종로 청계천 걸어보아라

서울보다 더 깊은 산중도 이 세상엔 다시 없고

열매도 보신각 종보다 큰 열매는 더욱 없을라.

가로수들 서로 손 잡고 강강술래 빙빙 돌고

햇님도 중천에 떠올라 익을 대로 익어 가느니

서울은 시방 일, 천, 만, 우렁 우렁 단물 실린다.

능소화

부박한 세월이라 정 줄 곳이 없었는데

능소화 피는 아침 창문 열고 바라보니

절로는 손 모아집니다, 세상 환히 빛납니다.

주황만도 아닌 꽃이, 분홍만도 아닌 꽃이

우리들 사람들만 보라고도 안 핀 꽃이

하늘로 이어진 길목에 등불 내다 겁니다.

그리운 날의 念曲염곡

낮이면 고추잠자리 하늘 들어 올려주고

밤이면 귀뚜리소리가 별빛 구어 내리는데

나는 또 얼마를 살아야 꽃씨처럼 익을 겁니까.

어디서 바람이 불어와 늙은 숲에 물을 앉히고

꽃들도 꿈을 흔들어 풍경소리 보내오는데

나는 또 몇 구빌 돌아야 눈물 환히 빛날 겁니까.

가을 冠岳관악

백 년도 못 산 몸이 나는 이리 지쳤는데

억 천 년 살고서도 更少年경소년을 하신 冠岳관악

오늘은 灌浴관욕도 했는가 날빛 아래 나앉았다.

깊을 대로 깊은 하늘빛, 밑창까지 열어놓고

여름 내 젖은 구름 빛 말릴 대로 다 말려서

어진 이 사는 마을에 보내주며 웃고 앉았다.

가을을 기다리며

어서 여름이 가고 가을이 왔으면 좋겠다

인간사, 칙칙한 나뭇잎, 모두 벗어 돌려주고

해맑은 갈하늘 한 자락 들어 올려 보고 싶다.

나무들 긴 그림자, 나도 길게 누워보고

물먹은 별빛 하나가 추녀 끝에 실린 밤은

한 소절 풀벌레 소리를 너랑 나눠 듣고싶다.

구름 나그네

내 고향 황악산에서 흰 구름을 짊어지고

雪嶽山설악산 부처님께 공양하러 찾아 왔더니

어느새 시절은 저물고 찬바람만 흩어지네요.

머리는 욱어진 쑥대밭, 이마에는 기러기 行列행렬

질그릇 오지그릇, 금 갈세라 찾아왔더니

돌부처 가슴을 디디고 산 그림자 건너가네요.

코스모스 꽃밭에 누우면

코스모스 꽃밭에 누우면 하얀 가을이 만져진다

바람결도 만져지고, 구름결도 만져지고

풀벌레 울음소리도, 고향 생각도 만져진다.

코스모스 꽃밭에 누우면 가을이 휘청거린다

꽃대가 휘청거리고, 낮달이 휘청거리고

하늘이 내 곁에 내려와 그리움이 휘청거린다.

비 젖은 날의 回憶회억

내 고향 경상도에서 경기도 김포까지

네 시간 못 미친 길인데 난 구십 년 더 걸렸네

그 길이 하도나 아득해 유리창에 비 내리네.

비 젖은 유리창에는 온 세상이 얼비치네

인생은 하나의 迷路미로, 고향이사 한갓 懷疑회의

불현듯 印畵인화된 세월이 주룩주룩 다 흐르네.

11월의 시

벌써 11월이네, 햇살이 너무 엷어졌네

그래도 백금도가니 같은 해님은 타고 있고

한 덩이 잘 익은 모과로 내 이마에 얹혀있네.

시월 상달 밝은 해님은 옛날 우리 할머니처럼

눈빛이 참 인자하네, 속속들이 나를 비치네

저문 해 노 저어가듯 가물가물 서산 가네.

코트와 가로수와 낙엽이 있는 시

가로수가 물든 거리로 코트를 입고 나섰더니

“선생님 추우십니까” 젊은 시인이 내게 묻는다

코트는 꼭 추워서만 입는 옷이 아니라 했다.

세월이 지향 없이 흘러가는 강물이라면

가을은 그 강물 위에 속절없이 실려가는 배

봄바람 가을 비 한 자락 걸쳐입고 나왔다 했다.

初冬초동

막소주 한 잔으로 霜菊상국만한 溫氣온기 얻고

저는 발 노새 같은 막버스로 돌아간다

창 너머 변두리마을 등불들이 떨고있다.

해 질 녘 혼자 걸어 본 인사동 뒷골목 길

눈 감은 李朝이조 강물 文匣문갑 위에 졸던 木雁목안

그 木雁목안, 끌로 판 죽지가 내 가슴에 아파온다.

가로등

가로등은 누구를 기다려 밤새도록 혼자 타는가

멍청하게 혼자 서서 오도 가도 못 하는가

저렇게 뜨거운 불빛을 맨손으로 받아 내리며.

낮에는 청맹과니처럼 눈을 감고 섰다가도

밤이면 밤새도록 불빛 철철 흘리는가

만 리에 불 밝혀두고, 그리움만 밝혀두고.

落葉낙엽을 밟으며

그렇게 붐비던 여름도 이젠 물러앉았는데

플라타너스 낙엽 진 거리를 혼자라도 걸어 보아라

우리는 세월의 강물이 흘러간 걸 금시 보리라.

철새들 울고 간 하늘을 목도리로 둘둘 감고

플라타너스 낭자한 거리를 손을 잡고 걸어 보아라

우리는 눈물의 行間행간이 넓어진 걸 서로 보리라.

겨울 版畵판화

꽃과 잎 새소리 같은 것 잔 사슬은 다 보내고

곧은 뼈 한 대만 끌안고 含黙함묵하고 누워 있는

겨우내 입 다문 호수, 텅 비워 둔 벤치 하나.

견고한 結氷결빙을 딛고 제 가슴을 찜질하는

호수도 호수러니와 저 나무들 다 어쩔꼬

칼바람 삼키고 섰다가 울컥! 하고 쏟아 낼 봄.

2부

上院寺상원사 종소리

寒溪嶺한계령 詩시

설악산 한계령은 산과, 물과, 하늘입니다

하늘이 숫돌이라면 바위와 돌은 창검입니다

창검을 숫돌에 갈다가 물에 덤벙! 적셔 냅니다.

숫돌이 푸르다 못해 서릿발이 도는 날은

창검을 물속에 덤벙, 담금질도 한답니다

갈다가 자칫 지나쳐 날 넘을까 두렵습니다.

慶州경주의 돌

경주의 돌과 바위는 모두 未生前미생전 부처님인데

드신 잠 깊이 깨워 누가 저 자리 앉혀놓았나

한 천 년 흘리신 미소가 옷자락에 축축 젖는다.

아직도 눈 뜬 돌보다 잠든 돌이 더 많은데

천 년은 기껏 하루 해, 억겁이야 落葉낙엽 한 장

함부로 밟을 수 없어서 종소리도 골라 디딘다.

풍경소리

누가 無主무주라 했는가, 임자 없다 또 했는가

저렇게 충만한 창공을, 가다듬는 이 無念무념을

풍경이 물고기 되어 헤엄쳐 간 저 허공을.

누가 비었다 했는가, 소리 없다 또 했는가

적막이 솔씨로 떨어져 솔 가꾸는 이 青山청산을

딩그렁! 부싯돌 쳐서 불을 다는 저 별빛을.

水鐘寺수종사

새들도 편안히 산다는 남양주군 鳥安조안마을

두 물머리 산마루에 올라앉은 작은 절 한 채

하늘에 둥지를 틀고 강물 위에 실려 살더라.

硯滴연적에 연적물 실리듯 흘러드는 북한강 물

먹물 옷 입은 스님이 말수 없이 숨어 사는데

쇠북이 세월을 업고와 강물 위에 풀어 놓더라.

鳳頂菴봉정암

내가 알기로는 우리나라 절집 중에서

젤 도솔천 가까이 올라가서 사는 절은

아마도 鳳頂菴봉정암 말고는 하늘 아래 다시 없을라.

스님도 심심한 날이면 가끔 절을 비우는데

천 년을 하루같이 절이 거기 지켜서서

도라지 꽃빛깔 같은 하늘빛을 입고 살더라.

無題무제

사람이 세월을 살아, 그것도 살만큼 살아

옛마을에 돌아와서 초막 아래 누워 있자니

가을밤 北斗七星북두칠성이 내 등에 와 실립니다.

내 등은 거북이 등이라 굽을 만큼 굽었는데

河圖하도인지, 洛書낙서인지, 萬波息笛만파식적 곡조인지

짊어진 하늘이 무거워 잠이 오질 않습니다.

華嚴화엄 안경

눈 덮인 히말라야 하늘 아래 제일봉이

아무리 높다해도 돋보기만 눌러쓰면

눈 아래 내려앉느니 못 오를 산 어디인가.

구만리 달 하늘과 울고 가는 저 기러기

그 길이 멀다해도 돋보기만 벗어들면

한 눈길 건너가느니 못 건널 강 어디인가.

뜬 구름 흐르는 물

— 雲水行脚운수행각

뜬 구름 같은 것이 인생이라 한다지만

괴나리봇짐 벗어 솔가지에 걸어두고

태산이 높다고 해도 누워 넘는 흰 구름.

풀잎도 씻겨주고 돌부리도 울리면서

쉬지도 않거니와 바쁘지도 않는 저 물

바다가 멀다고 해도 피리 불며 간답니다.

적막한 봄

산골짝 외딴 집에 복사꽃 혼자 핀다

사람은 집 비우고, 물소리도 골 비우고

구름도 제풀에 지쳐 오도 가도 못한다.

봄날이 하도 고아 복사꽃 눈멀겠다

저러다 저 꽃 지면 산도 골도 몸져눕고

꽃보다 어여쁜 적막을 누가 지고 갈 건가.

上院寺상원사 종소리

오는 봄 게으르고, 가는 겨울 적막해도

상원사 종소리는 귀먹은 산 불러모아

미나리 새순 올리듯 봄빛 불러올립니다.

강원도 오대산은 뿔이 모두 다섯 개를

뿔 중에도 다시 중대, 중대 위에 寂滅寶宮적멸보궁

낮달도 종소리 머금고 새살이 차 오릅니다.

水菊수국

유월 환한 淨土정토를 건져 올린 둥근 水菊수국

만월이 물 흘리며 두세 송이 벙글었다

눈 섬섬 닦아 놓은 천지를 뉘랑 뉘랑 볼 것인가.

한철 그리움이야 宮門궁문 열듯 열어놓고

어깨너머 보낸 생각은 어깨너머 보낸 구름

생각이 강물인 줄도 흘려놓고 알았습네.

새와 黃菊황국

한 달포 코스모스가 불을 밝혀주던 山房산방

산국화가 맴을 돌면서 집을 지켜 주더니만

오늘은 黃菊황국이 찾아와 꽃망울을 쏟아놓았다.

낙엽이 지기도 전에 바람 먼저 떨어지고

黃菊황국도 이울고 말면 이 가을은 또 저물어

나는 또 하늘 넘는 새 불붙은 깃 바라보겠네.

하늘이 지은 절

— 津寬寺진관사에서

산 좋고, 물도 좋고, 솔바람도 좋거니와

法華經법화경 한 자락만 한 구름 빛은 더욱 좋아

해 종일 구름 빛 보다가 하늘 빛은 잊었네라.

사람이 지은 절이 津寬寺진관사라 이른다면

하늘이 지은 절은 구름이라 타이르나

뻐꾸기 明明명명한 소리로 丹青단청 올린 이 한철.

허전한 日沒일몰

자나 깨나 바다만 바라고 살아가는 섬사람은

뿌옇게 동터는 새벽을 '부우새'라 불러주고

맥없이 저무는 저녁을 '덤덤이'라 한다는데.

허구헌날 저 산만 지키며 살아가는 스님네는

허공에 매달린 峻嶺준령, 구름 속에 저문 산을

울고 난 종이라 하는가? 북소리라 하시는가?

頂骨정골로나 가 앉을까

鶴학이 丹心단심을 뽑아 머리꼭지 이고서면

세상 사람들이 丹頂鶴단정학이라 이르듯이

頂骨정골이 머리에 박혀야 그 산이 바로 명산이랍니다.

내 고향 黃嶽山황악산은 소백산맥의 중앙산인데

머리에 頂骨정골을 못 얻어 인물이 안 태어난다는데

차라리 내가 죽어서 頂骨정골로나 가 앉을까.

* 頂骨정골 : 산마루에 무겁게 박혀있는 큰 바위

뻐꾸기 울어

뻐꾹 뻐꾹 뻐꾹 뻐꾹 이 산 저 산 바위 놓는다

뻐꾹 뻐꾹 뻐꾹 뻐꾹 골골마다 궁궐 짓는다

들찔레 하얀 꽃잎만 소복소복 지는 날에.

뻐꾹 뻐꾹 뻐꾹 뻐꾹 뭉게구름 짓이겨놓고

뻐꾹 뻐꾹 뻐꾹 뻐꾹 귀먹은 산 넋을 빼놓고

푸른 산 아득한 정수리 하루 종일 대못질 한다.

雪嶽山설악산 겨울나기

가을로 들어설수록 설악산 나무들은

뿌리를 깊이 내리고 눈을 깊숙이 감습니다

여름 내 자지러지던 매미소리 털어내고.

겨울로 접어들수록 설악산 바위들은

하늘을 짊어지고, 땅을 밟고 일어섭니다

눈보라 비 바람 같은 것 들은 척도 않습니다.

傳燈寺전등사

찾아가 반만 본 산 돌아와서 다 뵙디다

눈에는 낡았던 절, 가슴에는 불입디다

눈 감고 뜨는 사이가 浮沈부침인가 봅디다.

섬은 서해 서녘 가뭇 가는 돛배였소

산숲은 높이 달린 바람 받은 돛이었소

절이야 애당초 그 배에 실린 꿈이었다오.

가을은 속수무책

가로수가 제 손에서 落葉낙엽 한장 지우는 거나

제 그림자 제 가 이끌고 돌아가는 이 길이나

모두 다 세월이 하는 일, 이 가을이 또 하는 일.

낙엽은 밟히는 강물, 그리움은 한 길 삿대

둘이서 가는 이 길은 초저녁 별, 작은 언약

이별도 아름다워라 아! 가을은 속수무책.

고향의 진눈개비

한강다리 건널 때는 푸슬푸슬 날리던 눈

추풍령 넘을 무렵은 휘몰이로 치는구나

어머니 식혜 맛처럼 달디 달던 고향 눈발.

고향 눈 타향 눈이 다를 바가 있을까만

국밥집 유리창에 매달리던 진눈개비

저것은 등불이던가, 落花낙화시절이던가.

卍海만해의 침묵

침묵이 하늘에 닿으면 해가 되고 달이 되고

鐘樓종루에 올라서면 매달려서 쇠북 되고

땅 위에 떨어져 누우면 한 장 낙엽도 되는 것을.

묻지 마라 밤하늘에 묻어 둬도 빛나는 별

스님은 침묵을 굴리며 산 빛 열고 가셨지만

그 침묵 풀잎에 잠들고, 雪嶽洞天설악동천에 사무친다.

흩어진 눈발자국

옛날 어느 스님은 우리 後人후인을 타이르기를

설사 텅 비워둔 눈벌판이라 할지라도

함부로 흩은 발자국 찍지 말아 당부 했지만.

시답잖은 세상살이 흩어보지도 못 본다면

누가 나를 일으켜 하늘 아래 세워 줄건가

저 보소 흩고 온 눈발자국 달빛 아래 매화꽃 같네.

* 原韻원운 : 踏雪野中去답설야중거, 不遂胡亂行불수호란행. 今日我行跡일금아행적,
後日他人程후일타인정

3부

이 길을 어쩌면 좋은가

떠나간 봄

진달래가 떠나가고, 개나리가 떠나가고

울 너머 담 너머에 목련꽃이 떠나가고

헛소문 헛소문 같은 봄이 떠나갔습니다.

실버들 나루터에 내가 님을 보내놓고

빈 배로 돌아온들 시름 이에 더 하리까

이 강산 기약도 없이 봄이 떠나갔습니다.

나 사는 이야기

어제는 아침 해 한나절 젊은 詩人시인이 데려오고

오늘은 저녁어스름 어느 行者행자가 두고 갔다

세월은 무늬 놓는 것, 씨줄 날줄 오가는 것.

시인은 나이가 어여뻐 깎아놓은 生栗생율 같고

행자는 信心신심이 두터워 잘도 익은 濃酒농주인데

강물에 빈 배나 띄우며 난 노 젓는 沙工사공이네.

매미

새벽부터 매미가 운다, 자지러지게 운다

젖 달라고 보채는 아기 엄마 품을 뒤흔들듯

축 처진 나뭇가지들 들어 올리며 운다.

저것은 울음이 아니라 양동이로 퍼붓는 비

온 마을 나무란 나무들 숨이 죽어 더 푸른 날

울다가 제 풀이 지쳐 새까맣게 저도 탄다.

돌아온 뻐꾸기가

지난 해 짓다만 집을 올해도 다 못 짓고

아까운 꽃시절도, 낙화 시절도 보낸 채로

늘어진 여름 한 철을 또 맞고야 말았구나.

돌아온 뻐꾸기가 저도 보기 민망했던지

후박나무 이파리 같은 푸른 날의 목소리를

우리 집 용마루 위에 업어다가 자꾸 보탠다.

눈 내리는 밤

그제도 눈, 어제도 눈, 오늘도 내도록 눈

恩兒은아랑 나 오막살이까지 온통 눈이 묻어버렸다

그래도 눈 깊은 밤은 꿈이 깊어 좋았었다.

북창을 열고 앉으면 동화속 궁전에 든듯

눈이 만 석, 꿈이 만 석, 불빛도 만 석인 것을

가로등 파수병 들이 삼만 석을 지켜 주었다.

春寒춘한

날씨는 풀렸는데 내 마음은 덜 풀어져

지하철 올라서니 찬바람이 더 시리다

한사코 뿌리쳐봐도 매달리는 봄추위.

네 손 한 번 잡아보면 내 손에도 물오를까

고목나무 가지 끝에 봄은 아직 감감한데

어디라 건넬 곳 없는 꽃 한 송이 사 든다.

여름도 떠나고 말면

번개 천둥 비바람도 한철 잔치마당인데

잔치 끝난 뒷마당이 더욱 적막하다는데

여름도 떠나고 말면 쓸쓸해서 나 어쩔꼬.

무더운 여름 한철이 나를 그리보챘지만

그 여름 落馬낙마하고 텅 비워 둔 하늘 아래

푸른 산 외로이 서면 허전해서 나 어쩔꼬.

노을 새

산 넘어 저 산 넘어 뭉게구름 그 넘어에

또 다른 고향마을이 있을 것만 같은 날은

지는 해 원통해선지, 울먹이는 저녁 놀.

눈 감고 찾아보아도 다시 없을 이 세상에

그리운 사람 하나가 기다릴 것 같은 날은

저녁 놀 불 질러놓고 저도 타는 노을 새.

제주 랑데부

제주는 포물선 밖인가, 눈썹 위에 걸린 섬인가

밀물엔 부대끼다가, 썰물에는 여위다가

한 물결 되돌아 들 때면 내 노래의 꿈이다가.

거길 가면 사랑이 있고, 꼭두서니 이별 있고

유채꽃 동백꽃 혼령과 덧칠하는 비바람과

내 눈물 흥근히 차오른 수평선이 걸려 있다네.

달팽이의 하늘

석자 꽃가지에 앉아도 달팽이는 하늘 만지고

8천 6백 히말라야 상상봉에 올라서도

하늘이 거기 없다고 사람들은 탄식하네.

그렇다면 한길도 못 되는 꽃가지가 더 높은가

구름도 디디고 올라선 히말라야가 더 높은가

곰곰이 생각해 보자, 달팽이를 만나보자.

시 쓰는 밤에

겨울밤에 혼자 앉아 사락사락 시를 쓰면

별싸라기 같은 시가 원고지에 쏟아질까

온 세상 잠 다 든 밤에, 내눈 초롱! 빛난 밤에.

봄밤에 혼자 앉아 촉촉하게 시를 쓰면

봄풀 같은 이야기가 원고지에 돋아날까

온 세상 젖어든 밤에, 내 귀 소록! 열린 밤에.

내 귀에는

우리 집 좁은 뜨락을 지켜섰는 늙은 감나무

주먹 같은 굵은 먹감이 주렁주렁 열렸는대요

내 귀도 먹감이 열렸나 세상만사가 먹먹합니다.

그래도 여름이 가고 가을이 찾아들면

볕바른 우리 집 장독대 익어가는 장맛하며

내 귀엔 감 익는 소리가 뚝! 뚝! 하고 들리겠지요.

낮귀뚜리 울음소리

낮귀뚜리 울음소리가 실菊국 위에 물을 앉힌다

찌르 찌르 찌르 찌르 꽃술 위에 그 적막 위에

굵은 테 안경 너머에 동그랗게 물을 앉힌다.

낮귀뚜리 울음소리가 늙은 아내 마실 보낸다

찌르 찌르 찌르 찌르 물살 주며 햇살을 주며

손주놈 반달 손 잡고 늙은 아내 마실 보낸다.

기러기 行旅행려

하늘은 덩그렇게 큰북처럼 걸려 있고

바람도 허리가 아파 갈대밭에 가 눕는데

북녘땅 허기 진 기러기 隸書體예서체로 가 날아든다.

먼발치 세상살이 흘겨보면 그만인 걸

백 년도 자로 재면 눈금만 한 것이란다

강물은 세월 한 구비, 가뭇 가는 一葉身일엽신.

김삿갓 당신에게

부부아립 등허주, 일착평생 사십 년,

머리 위에 둥둥 뜨는 삿갓은 빈 배와 같고

사십 년 입은 목숨을 못 벗는다 탄식 했지만.

나는 당신처럼 하늘 가릴 삿갓도 없고

한 번 입은 목숨 구십 년을 못 벗었네

목숨은 쇠북 이던가, 울도 못할 꿈이던가.

* 原韻원운 : 浮浮我笠等虛舟부부아립등허주 一着平生四十年일착평생사십년

이 길을 어쩌면 좋은가
— 또 한 해의 가을

떠나긴 떠나야겠는데 흰 구름은 몸져눕고

보내긴 보내야겠는데 갈바람은 숨이 차고

이 길을 어쩌면 좋은가, 가로수도 물을 쏟는다.

산을 넘고 물을 건너 가자하니 길은 더 멀고

안가고 버려두자니 세월이 녹 쓸겠고

이 길을 어쩌면 좋은가, 기차 길도 지쳐 눕는다.

딱정벌레

새벽 네 시 푸른 未明미명을 더듬이로 밝혀들고

딱정벌레 같은 차들이 뒤질세라 기어 다닌다

하루 해 양식을 위해, 하루치의 목숨 위해.

누가 우리를 일컬어 靈長영장이라 말 했던가

손톱 발톱 다 닳토록 기어 다니는 微生物미생물을

해 지면 우리네 노을도 까무라쳐 잠 들 것을.

6월 하루

어제는 푸른 귀 적시며 뻐꾸기가 울어주고

오늘은 꾀꼬리 한 쌍이 그네줄을 밀고 당기며

서로들 넘나든 사이로 하늘빛이 흘러내린다.

비록 우리집 마당은 손바닥만 하지만

창포꽃 분꽃 터지고, 장미꽃은 술 취하고

망초꽃 쏟아져내리니 온 세상이 출렁거린다.

허전한 날에
— 致雲치운이 다녀갔다

키가 헌칠해 좋은 사람 致雲치운이 다녀갔다

손이 부처손이라 절도 넙죽 잘 하는 사람

둘이서 길을 걸으면 서로 물든 그 致雲치운이.

오뉴월 나락밭에 한발 접고 섰다가는

불어온 가을바람에 문득 놀라 날아오른

한 마리 두루미 같은 致雲치운이 다녀갔다.

풍경에게

아무도 없는 고향, 텅 비워 둔 내 고향 집

너랑 같이 내려가서 나랑 같이 살자하고

달래고 타일러주려고 풍경 한 座좌를 사 들었다.

너는 구원의 향기, 밤하늘에 먹을 갈고

너는 태초의 별빛 먼. 星座성좌에 불을 달고

宿鳥숙조여! 꿈 깊은 밤이면 내 가슴에 잠 들거라.

소

사람은 입으로 말하고, 느스레도 부리지만

소는 꿈벅! 꿈벅! 눈으로 말을 흘립니다

흘린 말 도로 주워서 새김질도 합니다.

사람은 입만 벌리면 바쁘다는 세상살이

소는 황소걸음 바쁜 일이 없답니다

해와 달 업고 다니며, 구름 몰고 다니며.

배밭머리

배밭머리 무논에서는 개구리들이 울고 있다

개굴 개굴 개굴 개굴 개구리들이 울고 있다

그 소리 배밭에 들어가 하얀 배꽃이 피어난다.

휘파람 휘파람 불며 배밭머릴 돌아가면

개구리 울음소리도 구름결도 잠깐 멎고

잊었던 옛 얘기들이 배꽃들로 피어난다.

4부

저문해 바라보며

다시 사모곡

어머님 생각만 하면 대낮에도 별 뜹니다

눈물로 꽃 피우고, 한숨으로 잎 지우고

바늘 귀 실 지나가듯 한 세상을 갔습니다.

어머님 생각만 하면 그믐밤에 달 뜹니다

징검다리 건너편이 저승인 줄 아셨는지

이웃집 나들이 가듯 아슴아슴 갔습니다.

먼 마을에 내리던 눈

오일장 보러 간 아버지 상기 아니 돌아온 밤

묻어 둔 항아리에 동치미는 익어가고

동구 밖 개 짓는 소리로 먼 마을에 눈 내렸다.

황초 불 가물가물 무릎 아래 지던 밤에

간절한 제사상에 차려올릴 際需제수처럼

어머님 배 깎는 소리로 사각 사각 눈 내렸다.

界面調계면조 고향

울 아배 고향산에는 뻐꾸기만 울었데요

할배들 산으로 돌아가 뻐꾸기가 모두 되고

영 넘어 흰 구름 보내며 골물 철철 울었데요.

울 엄마 고향마을엔 귀뚜리만 울었데요

할매들 산에도 못가고 귀뚜리가 모두 되어

앳궂은 섬돌만 흔들며 달빛 철철 울었데요.

春愁춘수

추풍령 영마루에 봄은 아직 감감한데

한 송이 紫木蓮자목련 같은 커피 한 잔 받아 들면

오지도 채 않은 봄을 보낼 일이 걱정이다.

홍매화 산수유꽃 눈 비비는 이 봄날을

예쁜 참새, 작은 콩새, 오목눈이, 직박구리,

새들아 설치지 말아 오시는 봄 놀랄라.

눈 내리는 밤

쓸어 둔 앞마당에 눈이 솔솔 내립니다

흐르는 눈발 속에 꿈도 솔솔, 잠도 솔솔

새 연필 깎아내리듯 사각사각 내립니다.

엄마 손 다둑다둑 갈무려 둔 뒷마당에

밤도 소복소복 눈발도 소복소복

잘 익은 동치미 국물 맛 상그랗게 눈 뜹니다.

가을 비

나도 셋집 이사 들고, 恩兒은아도 이사 오고

옮겨앉는 자리마다 세금 물고, 비발 물고

가을은 半跏思惟像반가사유상, 턱을 괴고 앉아 있다.

가로수도 수도승처럼 가사장삼 걸쳐 입고

질펀한 낙엽 밟으며 어디론지 떠나는데

후두둑! 철늦은 빗발이 유리창을 또 때린다.

祭床제상 앞에서

옛날 우리 할아버님은 제사상을 차릴 적마다

벌레 먹은 과일 하나도 같이 차려 놓으시면서

하늘이 지으신 天果천과, 눈물이라 일러 주셨다.

하늘이 손 잡아 주는 길, 우리가 가는 그 길

모두 다 실에 엮으면 한 타래라 일으시며

간곡한 눈물의 이치를 궁굴리어 들려 주셨다.

내 손녀 '연정'에게

내 손녀 '연정'이가 느닷없이 나를 보고

산 좋고 물 좋은 마을에 할아버지 가서 살란다

그래야 휴가철이면 찾아 갈 집 저도 있단다.

그렇구나 그리운 네 꿈도 산 너머에 살고 있구나

들찔레 새 순 오르듯 하얀 구름 오르는 날

뻐꾸기 우는 마을에 나도 가서 살고 싶단다.

겨울 빛

올해도 어느덧 立冬입동철, 눈 소식이 들리는 날

그렇게도 높아만 가던 하늘빛은 내려와서

이웃집 늙은이처럼 유리창을 기웃거린다.

고목나무 가지 끝에 네 생각이 걸려 있고

저문 산 갈피갈피엔 먼 수심이 잠겼는데

차운 술 한 잔의 기도로 겨울 빛은 오고 있다.

겨울밤에 쓰는 시

천 년을 땅속 깊숙이 잠들었다 들켜 나온

눈도 코도 없는 항아리 나는 그런 앉음새로

이런 밤 비워 둔 가슴에 술 담그고 싶으네.

진한 어둠 버무리고, 밝은 불빛 걸러 붓고

미운 정 고운 정이 서로 익어 술이 괴면

한 백 년 더 살고 싶으네, 가슴 단물 실리네.

落齒낙치

덜렁대는 치아를 두고 늘 심란했었는데

아침 밥상머리 나도 몰래 落齒낙치가 됐다

落齒낙치는 落城낙성이던가, 성문 열고 앉았는가.

앞 뒷산 열어두고 사립문도 열어두고

세월도 이 빠진 채로 혼자 사는 내 고향집

훔쳐갈 구름도 없는 집 돌아가서 너랑 살거나.

어머님 하늘

옛날 우리 어머님은 빨래 줄에 빨래를 널어야

비로소 하늘 문이 열린다고 하시었다

아득히 너무 푸르러 막막해진 하늘빛이.

그 까닭을 몰랐었네, 어린 나는 몰랐었네

한 타래 다 풀어 넣어도 닿지 않던 그 당사실

어머님 그 깊은 가슴속 하늘빛을 몰랐었네.

달맞이 누이 고개

서울에서 부산까지가 지척인 줄 알았더니

이 저승 밖이던가, 억천만 년 후이던가

지층이 꺼지는 소리 끌고 가는 경부선.

달맞이 누이 고개 그 찻집에 들어서면

오늘도 그 수평선 유리창에 매달리고

갈매기 울음소리가 찻잔에 와 떨어진다.

작은 것이 아름답다

어쭙잖은 詩集시집 한 권을 내가 네게 건네고싶어

오뉴월 불볕더위에 넌짓이 너를 불렀더니

천 리 길 멀다고 않고 차를 몰아 달려 왔구나.

들고 온 바다 회 한 접시, 복분자 까만 씨앗

해님도 감꽃만 하고, 바람결도 눈물나고

진실로 조그만 네 정성 목에 걸려 더 아프구나.

목련꽃 바라보며

부질없는 이 세상에 할 일 없이 내가 와서

무슨 시를 또 쓰려고 창문 열고 앉았는가

또 한 봄 찾아온 목련꽃 눈물 글썽 고이는가.

입김처럼 뽀얀 꽃이, 안개처럼 젖은 꽃이

기척 없는 이 봄날에 하늘 문을 열고 앉아

붓끝을 또 다듬는가, 구름 그려 보내는가.

三更雨삼경우

孤雲고운 伽倻가야에 들어 숨어산다고도 하고

더러는 속리산 속에 신선 됐단 말도 있지만

그거야 가야면 뭘 하고, 속리이면 무엇 하리.

세월이 천 년을 흘러도 萬里心만리심은 이어지고

잦아든 등불 아래 이 가을은 또 저물어

옛 시인, 이제 시인이 서로 젖는 三更雨삼경우.

우리 집 석류나무는

우리 집 석류나무는 함부로는 꽃 안 피웠다

오뉴월 타작마당 새로 먹인 도리깨로

한바탕 땡볕을 튕겨야 불꽃처럼 터져났다.

우리 집 석류나무는 함부로는 열매 안했다

할버지 四書三經사서삼경 별자리를 侍奉시봉해야

떨어진 서리하늘에 가슴 빠개 재치었다.

저문 해 바라보며

돌아도 보지를 않고 또 한 해가 가는구나

아흔 세 해 늙은 종지기 혼자 두고 가는구나

옛날엔 푸른 종 울리며 내가 너를 보냈는데.

묻지말자 오고 가는 일, 맞고 또 보내는 일

흐르는 시내물 자락에 우린 잠시 손 담글 뿐

머물고 떠나는 이야기 저 강물에 묻지 말자.

春望祭춘망제
— 뻐꾸기에게

무슨 한 그리 많아 죽어서도 눈 못 감고

해마다 이 철이면 이 강산을 울어 예나

청산엔 초록이 범벅, 흰 구름이 또 범벅.

북악산 솔가지가 축 처진 것 네 탓이요

관악산 이팝나무 꽃 진 것도 네 탓이다

온 세상 길 막아놓고 나도 우는 봄 한철.

平昌평창 가는 길

강원도 평창 간다, 봉평 장터 찾아간다

메밀꽃 만나러 간다, 이효석 만나러 간다

아니지, 그게 아니지, 나 만나러 내가 가지.

시름을 씨 뿌리면 메밀꽃이 되어 웃는

강원도 두메산골 하얀 구름 사는 마을

하늘 길 고추잠자리, 하늘하늘 찾아간다.

하루해 달래기

옛날 우리 할머니는 하루 해를 '달랜다' 했다

해님을 어떻게 달래느냐고 여쭈어 볼라치면

해님도 목숨도 달래야 탈 없이 넘긴다 했다.

저 봐라 저 해님도 제 힘으로 다 못 가고

해오라기 등에 업혀 서산 넘어 가는 것도

하루 해 타일러주는 일, 달래주는 일이라 했다.

별 헤는 밤에

우리 집 바지랑대 키가 한 자 모자라서

뒷동산 둥근 달을 못 따다가 드렸지만

어머님 두고 간 눈물을 제가 어찌 잊으리까.

별빛도 잠 못들고 뜬눈으로 새운 밤을

은하수 잔 별빛도 일어내던 새벽동자

어머님 이남박소리를 제가 어찌 잊으리까.

또 한 해를 보내며

하루 하루 붓끝 다듬듯 지성스레 살아 왔건만

등불이 잦아들듯이 또 한 해가 잦아들고

무어라 아쉬운 생각이 낙엽처럼 자꾸 밟히네.

만날 사람 다 만나고, 가고픈 곳 다녀왔건만

그래도 또 한 사람을 덜 만나본 것 같고

한 자리 못 가 본 자리가 남아 있는 것만 같네.

安仲植안중식 시인의 절

절 잘하기로 이름 난 아무개 시인보다

우리 안중식 시인은 절을 더 잘 하는데

올적엔 왔다고 절하고, 갈 적에는 간다는 절.

막 돋은 보름 달 보다 더 둥글고 더 밝은 절

해산한 지어미 보다 더 환하고 어여쁜 절

한 덩인 날 안겨 주고, 한 덩이는 들고 갔다.

5부

초가집 두 채

봄 편지

벌어진 꽃봉처럼 글자들이 숨 쉬어요

그물 올린 생선처럼 글자들이 퍼득여요

부산서 보내온 편지, 바닷물이 오른 편지.

서울의 나무들은 떴던 눈도 도로 감고

어제는 눈이 내려 까만 봄이 무거운데

부산서 보내온 편지, 뱃고동이 우는 편지.

장마 개었다

등이며 배를 보이며 햇살 속에 노는 버들잎

가로 세로 하늘 끊으며 풀잎 이슬 차는 제비떼

강변 숲 황새 한 마리 새달처럼 날아든다.

뒷골 못 가득 실린 물, 번들 번들 살찐 도랑물

낚아낸 붕어 한 마리 손바닥에 올려놓으면

금시 그 오색 무지개 동산 위에 떠오른다.

초가집 두 채

전라남도 순천 고을 낙안마을 초가집 두 채

새로 나온 달력에 실려 우리집에 놀러왔어요

윗 채는 어미닭 같고, 아래채는 햇병아리.

엄마 닭이 구 구 구 부르면 병아리는 삐약삐약,

부르고 따르는 모습이 너무 곱고 너무 예뻐요

온 세상 꿈속만 같아요, 우리 집도 종일 환해요.

인간극장

— 고구마 캐는 여인들

사람이 고구마인지, 고구마가 사람인지

햇빛도 다글다글, 바람결도 다글다글

흙먼지 달갸 묻혀서 웃음소리 다글다글.

서녘 해 가물가물 노을 속에 빠지는데

제 새끼 밥 지어주려고 물 길으려 가는 철새

바빠진 경운기 소리에 엄마 마음 다글다글.

새 자전거

아빠가 읍내에 가서 새로 사온 새 자전거

학교길 꽃길을 달리면 꽃타래로 감겨온다

햇살도 바퀴에 감기고, 콧노래도 감겨온다.

엄마가 아빠께 졸라 새로 사 준 새 자전거

강마을 강둑길 달리면 강물빛도 감겨온다

구름도 바퀴에 감기고, 휘파람도 감겨온다.

들숨과 날숨 사이

나무가 들숨을 쉴 때 우리는 날숨 쉬고

우리가 날숨 쉴 때 나무는 들숨 쉬고

서로들 주거니 받거니 참 의좋게 산답니다.

나무가 옷 벗는 겨울 우리는 옷 껴입고

우리가 옷 벗는 여름 나무는 옷을 입고

하늘의 가르치는 길 서로 따르며 산답니다.

손톱 깎기

언제나 손톱이 길면 엄마가 깎아 주었는데

오늘부터 내 손톱은 내가 깎기로 했습니다

잘 익은 꽃씨가 터지듯 톡! 톡! 튀어 내리는 손톱.

우리 집 장독대 밑에 봉숭아 씨 터지듯이

톡! 톡! 터져 달아난 손톱, 꽃씨처럼 어딜 갔나

내 동생 어여쁜 손톱도 내가 깎아 주어야지.

산골 학교

달아놓은 태극기 보고 아침 해가 인사 하고

마을 길 마을 길들이 서로 만나 인사하고

산새 알 물새 알 같은 아이들이 모입니다.

잔솔밭 비둘기처럼 종소리가 날아가고

여울 물 고기떼처럼 풍금소리 흘러가고

푸른 산 메아리 같은 아이들이 뛰놉니다.

내 이름은 홀랑개비

방아만 찧는다고 서울에선 '방아개비'

추풍령 아래로 가면 내 이름은 또 '땅개비'

김만경 내려만 서면 '홀랑개비' 가 된답니다.

사시사철 방아만 찧는 '방아개비' 도 괜찮지만

풀밭에만 놀다가 간다고 '땅개비' 도 예쁘지만

청풀판 잘잘 흘리는 '홀랑개비'가 나는 좋아.

꼬부랑 길

— 옛날 얘기

오일 장 가신 아버지 기다려도 아니 오고

내 눈이 빠지도록 나는 길만 바라보고

검둥개 꼬부랑 강아지 저도 나만 쳐다보고.

저녁 해 가물가물 서산마루 넘어가고

산굽이 돌아간 어스름 마을길도 다 묻히고

검둥개 꼬리가 빠져 꼬부랑 길 됐답니다.

버들붕어 두 마리는

우리 마을 앞냇물을 건너가는 징검다리

돌팍 밑에 숨어사는 버들붕어 두 마리는

돌팍이 저이들 집이래, 여울목이 놀이터래.

흰 구름 흘러가면 흰 구름을 건져먹고

풀잎파리 헤작이면 풀잎 이슬 건져 먹고

달 뜨면 달빛이 꿈이래 달빛 이불 덮고 잔데.